寫給邊境的情書

的

情書

曾元耀

【總序】
台灣詩學吹鼓吹詩人叢書出版緣起

蘇紹連

　　「台灣詩學季刊雜誌社」創辦於一九九二年十二月六日，這是台灣詩壇上一個歷史性的日子，這個日子開啟了台灣詩學時代的來臨。《台灣詩學季刊》在前後任社長向明和李瑞騰的帶領下，經歷了兩位主編白靈、蕭蕭，至二○○二年改版為《台灣詩學學刊》，由鄭慧如主編，以學術論文為主，附刊詩作。二○○三年六月十一日設立「吹鼓吹詩論壇」網站，從此，一個大型的詩論壇終於在台灣誕生了。二○○五年九月增加《台灣詩學・吹鼓吹詩論壇》刊物，由蘇紹連主編。《台灣詩學》以雙刊物形態創詩壇之舉，同時出版學術面的評論詩學，及以詩創作為主的刊物。

　　「吹鼓吹詩論壇」網站定位為新世代新勢力的網路詩社群，並以「詩腸鼓吹，吹響詩號，鼓動詩潮」十二字為論壇主旨，典出自於唐朝・馮贄《雲仙雜記・二、

俗耳針砭，詩腸鼓吹》：「戴顒春日攜雙柑斗酒，人問何之，曰：『往聽黃鸝聲，此俗耳針砭，詩腸鼓吹，汝知之乎？』」因黃鸝之聲悅耳動聽，可以發人清思，激發詩興，詩興的激發必須砭去俗思，代以雅興。論壇的名稱「吹鼓吹」三字響亮，而且論壇主旨旗幟鮮明，立即驚動了網路詩界。

「吹鼓吹詩論壇」網站在台灣網路執詩界牛耳是不爭的事實，詩的創作者或讀者們競相加入論壇為會員，除於論壇發表詩作、賞評回覆外，更有擔任版主者參與論壇版務的工作，一起推動論壇的輪子，繼續邁向更為寬廣的網路詩創作及交流場域。在這之中，有許多潛質優異的詩人逐漸浮現出來，他們的詩作散發耀眼的光芒，深受詩壇前輩們的矚目，諸如鯨向海、楊佳嫻、林德俊、陳思嫻、李長青、羅浩原、然靈、阿米、陳牧宏、羅毓嘉、林禹瑄……等人，都曾是「吹鼓吹詩論壇」的版主，他們現今已是能獨當一面的新世代頂尖詩人。

「吹鼓吹詩論壇」網站除了提供像是詩壇的「星光大道」或「超級偶像」發表平台，讓許多新人展現詩藝外，還把優秀詩作集結為「年度論壇詩選」於平面媒體刊登，以此留下珍貴的網路詩歷史資料。二〇〇九年

起，更進一步訂立「台灣詩學吹鼓吹詩人叢書」方案，鼓勵在「吹鼓吹詩論壇」創作優異的詩人，出版其個人詩集，期與「台灣詩學」的宗旨「挖深織廣，詩寫台灣經驗；剖情析采，論說現代詩學」站在同一高度，留下創作的成果。此　方案幸得「秀威資訊科技有限公司」應允，而得以實現。今後，「台灣詩學季刊雜誌社」將戮力於此項方案的進行，每半年甄選一至三位台灣最優秀的新世代詩人出版詩集，以細水長流的方式，三年、五年，甚至十年之後，這套「詩人叢書」累計無數本詩集，將是台灣詩壇在二十一世紀中一套堅強而整齊的詩人叢書，也將見證台灣詩史上這段期間新世代詩人的成長及詩風的建立。

　　若此，我們的詩壇必然能夠再創現代詩的盛唐時代！讓我們殷切期待吧。

二〇一四年一月修訂

目　次

石梯灣118號的海

到了這裡
請把車子隨便停停就好
如果身上還有汗臭或灰塵
請隨意掛在牆上
石梯灣的海風
會在半夜偷偷把它當成宵夜吃了

這裡的日子常常太堅硬
而春天的景色則太瘦
偶爾夏天迷路的颱風闖入
才知道有人拉著棉被要跟你睡

怎麼就睡不著
是海太吵
是夜太亮

是心太靜

是趕著明早叫醒太陽？

要不要去記憶的深處釣魚

還記得那年秋天的那隻瓶鼻海豚嗎

我們唱著吆喝的歌

把她趕到回家的路上

從此她就沒有回來

就這樣沒有再回來

而記憶就從這裡消失

喝著小米酒的日子就越來越長

而石梯灣的海就老了

——2008年創世紀與聯合報「為民宿寫一首詩」入選，並刊載於2008年5月8日聯合報副刊。石梯灣118號民宿現為緩慢民宿的一個品牌。此詩曾被選為北市高中97學年度轉學生聯招高一國文試題。

東河桐花雨

又相遇於小別之後的五月
披著白色薄紗的妳
悄悄打開天空
寫下一朵朵的花語
又翻身挑逗階前的仰慕

當步聲與桐花雨落的聲音合奏
東河的水就日夜織著賽夏女人的布
以及一枚笑聲
聽說妳的天空一直都豔麗且高
但也有不停紛飛的雪花

妳依舊織著不可遏抑的晚春
我慢慢化成一道梅雨
並緩緩從妳的花心滴下

雨聲輕輕叩問落花
英雄在那裡？

——2008年客委會桐花詩選獎。東河為南庄鄉東河村，是
　　賽夏族人的部落。

四月午後的中和緬甸街

四月的午後
當來自仰光的河水正在淋浴華新街
我們則在水滴下匍匐前進
嘗試攻佔緬甸街和他的異國風味
許多人在餐館聚會、吃飯
不管日子是否遲緩、瘦削或豔麗
藉口與油、酸、辣、鹹、甜敘舊
一顆顆驚喜的心在找相同的節拍
"Ne-gone-la" "je-su-dimba-le"
巴拉打咖哩雞烤餅，採光酥脆、內幕鬆軟，一咬就
　　是印度
泰式海鮮湯，酸得含蓄、辣得保守，而魚不停騷擾
　　舌尖
紹子巴巴絲，麵上鋪陳碎碎唸，有嫂子的味道
街頭洪門醒獅一路奔馳，進退都是道理

都在重複生活的節令

早安印度、午安泰國、晚安雲南

這樣的日子很緬甸

記憶不需太整理

妳都會在四月的午後，微笑潑水

註：“Ne-gone-la” “je-su-dimba-le”為緬甸語，意為你好嗎、
　　謝謝。

──2009年第5屆台北縣文學獎得獎作品。也是我的第一
　　首正式文學獎得獎詩。中和緬甸街指的是中和華新街
　　一帶

老

阿嬤微微俯身坐著、看著
牆壁以極其緩慢
而漸次不堪的老從小小角落崩塌
目光傾斜，地上跋涉
慢慢爬過一個凹痕，費力閃避一粒灰塵

抬起皺皺的笑容，阿嬤梳一下斑白的髮
沉默就在窄窄的床邊出生、爬行、哭泣
盆花則用香味和時間交換衰敗
日子矮成一句委屈
犬著乾硬的嘆息
阿嬤顫顫地一口一口咬掉記憶

記憶開始逃亡
逃進童年的街頭

調皮的足跡撞歪隔壁阿伯的笑聲
努力練習陌生的語言
發明生澀的吻
在夜光下羞赧地貓著

腳與日子一同裹纏
越來越彎，如一本彎腰的腳本
在冬日裸足
剪裁繭居的抑鬱
還來不及解放哀愁
也還來不及收藏裹足不前的笑
都已是曾經的春天了

而阿嬤的白髮
細如一個輕音

像候鳥一般在回憶中不停遷徙
回憶很長，記憶很短

——2010年第32屆聯合報文學獎新詩入圍決選

南庄桐花

到了南庄

請把忙碌隨便停停就好

如果身上還有銅臭或口業

也請隨意掛在樹梢

午後向天湖的風

會偷偷把它當成點心吃了

當五月的桐花愛上風

我們就在初夏的深處撿到雪

沿著東河蒐集梅雨洗滌後的腳印

黃昏至此都被擠成桂花巷的喘息

妳愛用瓦祿的音符笑

我取東河的流水聽

妳應飲盡我唇間的déjà vu
我就永不再有jamais vu

當黃昏擱淺在車窗
寂寞就只剩車前菊的高度
能不能給我一首歌的時間
我一定允許遠遠近近的眼淚與回憶接合
然後，妳的心就會比我的桐花更早開

註：déjà vu意為似曾相識感，jamais vu意為似陌生感

——2010年第1屆桐花文學獎新詩第三名

那一些城市瑣碎的事

城市穿著煙塵，穿著層層的輕浮
穿著淚水濕透的傷痕
不歇息地移動在清晨寂靜的街道
藉由路倒的醉漢，你嘗試進入城市的昨夜
人們總是容易忘掉巷道被口水吞食的故事
從冰箱拿出一包包的風涼話
打開話匣子，不停聊城市的痛

彷彿聽見無數的問號
在季節轉換的時候
伏擊左右失據的時間
如果記憶沒鎖
街貓就會闖入賴床並玩弄

城市的傷痛無需辨認，清楚如蛇吻
被禁建的生命，因為老舊而逐漸凋零
在巷弄簡陋的一角，陽光與塵垢對問
等候一根掃把，清掉整座城市的寂寞
等候一句靈動的語言，來
吐掉口裡多餘的嘴砲
不讓逾時的失意繼續盤踞街道
也不讓黑暗牽走你的清晨

——2011年第1屆新北市文學獎新詩得獎作品

在阿里山的雲端漫步

在不歇止的城市漂流中
燥熱的天氣啟動旅行
就讓大象留在電腦，鯨魚留在辦公室
我將從喧鬧的日子出走
以雲端為邊境，夢中飛行
尋找歲月中遺失的香格里拉

一路雲上去，天空有管不著的酒窩
再更上面的額眉，有陽光穿越
櫻花循著唐朝的那一條河、那一條小徑
拂拭旅人披肩的百年孤寂
我看到許多花蝴蝶飛在森林鐵道上
正在鋪設興奮的春天

誰把阿里山的晚安躺成
一床裸體的夜色
風在上頭，把星星敲得一閃一閃
我因而拾得躲在妳眸裡亮晶晶的愛
忘了在良辰美景貼上郵票
我的吻終究未能寄出

儘管行囊還在疲累
請讓我用押了清韻的吆喝
拉著小火車，一分一寸往祝山攀升
妳我是擦身而過的月落和日出
我們一定要擁抱並接吻
要檢閱時間交接的步伐

妳會發現，晨曦正
翻過玉山，划過雲海，向愛情靠岸

——2011年建國百年昇恆昌寶島之美創作大賞得獎作品

單戀

我可以是妳身邊仍然單身的塵埃嗎？

春夢

時間可以插入一些誤點的春天嗎？

——2012年2月聯合報「一行詩問句」競賽入選作品二首

一匹賽夏織布的完成

種苧麻：

在南庄，一支苧麻的成長

需要狩獵路過的陽光

澆上東河的水，吸取夜的寂寥

在時間的隙縫，閃躲風塵

種下五月雪的足跡

刈麻、抽線：

脫下青衫，剖開身段

再刮掉年齡的光與影

調整時間的強度，一絲一絲抽長

老去的容顏逐漸發亮

不再躲藏在消瘦的日子

打紗、日曬：
如此深入山林的靜默
歇腳在東河上游的疊石
靜靜等候時間
讓山風清潔麻絲的身段
讓陽光咬去多餘的裝飾

捻紗：
一切美感的產生都源於相會
妳的手微熱，拎起一片涼風
挑選、汰換，完成生活中必須的聯繫
在紗的身世中絞緊、固結
形成一種安頓的姿態

捲紗、紡紗、紡線、框線：
嘗試在傳統的框架中旅行
為了那些必須遺棄的身影與色相
我們日夜輪迴行軍
時時擦拭時間上的微塵
虔誠如一名清洗教堂的長老

煮線、洗紗、漂白：
走到向天湖的水湄
貼近時間的邊陲，聽鐘聲的仁慈
將自己搗散，沸騰正是生活的方程式
為了漂白身份，左搓右揉，努力洗滌鄉音
將火灰置入隙痕，慢慢雕琢氣質
用力旋轉，將自己埋進時間的核心
以掌心抵著，塵埃慢慢也能捏塑成白雲

浸漬、染色、上蠟：
雨水填滿眼眶，時間開始沼澤
打開春天找一件適合青春的衣服
披掛在未雪的初夏
夏天在肌膚滑了一跤，撒妳一身花俏
在這裡，只要磨一盤上等眼色
潑灑出去就成了粼粼湖光
而晨光以琺瑯質的明亮包裹身段

織布：
如一首愛的山歌穿梭在雪霸的呼吸
當油桐花決定安頓在贊歎的眼神
它就毫不猶疑落下
秋日的風與芒花，在沉默的瓦祿飛
妳將卍字紋一層層打開

察看雷女的梭子織出布匹的經緯
紅、白、黑交錯在滑動的時間
以東河起始，於織布機結束
一生就固守在賽夏的圖騰
左是矮靈、右是山林

——2012年6月第15屆苗栗縣夢花文學獎得獎作品

水水的夏日口感

之一　水水的西瓜

為了讓身材更豐滿
內裡更有風味
在七月的盛夏
我們在大肚溪畔
做沙浴，接受陽光的按摩
在身上塗抹綠色的彩繪
彷彿山林層次不一的綠意盎然
夜晚，從月出到月落
我們汲取來自合歡山麓的天水
梳洗沐浴，讓月光柔潤我們的膚質
留下茄紅素，留下精胺酸
留下一切美好的元素
我們是水水的西瓜

正日夜趕路，前往夏日盛宴
等待服侍你最挑剔的口感

之二　水水的火龍果

我們是美麗的夜仙子
在夜間吐吶
吸取外埔的山川精華
穿戴魅力彩衣，盛裝開花
在詩樣的六月守夜
在仙人的掌上，我們讓夜華留下愛
讓陽光緩慢充滿手掌
捕捉愛情的花青素
調整美色，讓火紅的身影圓潤、豐滿
若妳把我滑潤似水的口感含在舌下

我便會選擇妳的臉色住下來
時間慢慢過去
火龍果終於偷偷抹去妳的衰老

註：西瓜為大肚區的特產，大肚溪旁河川砂石地蓄滿豐富
　　的有機質，透水性佳，陽光充足，適合種植西瓜。火
　　龍果為外埔區的特產，其花似曇花，有夜仙子美稱，
　　果肉多汁清甜，養顏美容。兩種水水的水果都是夏日
　　解渴保健的聖品。

——2012年7月臺中詩人節果情詩意微文得獎作品

再見石梯灣的海

薄霧輕聲修繕窗外的清晨
發生在石梯灣的，都屬於海與孤獨
日光是微風的顏色，時間在靜默
當陽台上的心情被曬成古銅色
你就輕輕敲著門，走進迴瀾的夏

我們攜手傾聽岩礁的嘮叨
察看礁棚的故事與鹽漬的歷史
將辛酸的生命以風沙清洗，用陽光調味
直到螃蟹翻過今日的堤岸
所有的煩愁開始龜裂、漸次風乾

藏匿在熱風烈日中，都是偷來的幸福
不能直視你，就像不能直視太陽
是不是應該查閱內心的黑潮

海溫依然正確？方向朝北？
而海豚即將到來

你來不及抽回的手心，被蓋滿吻與星光
就讓它們成為生命迴游的密碼
時間在海風裡涵養，歲月濃縮成鹽成詩
有一點熟悉的東西，彷彿火種
將我帶回明亮的過去

——2012年10月花蓮文學獎得獎作品

雲豹還在嗎？
一位田野調查者的報告

「台灣還有雲豹嗎？」
小獵人很原住民地回答：
「今天晚上，我去作夢看看，明天再告訴你答案。」

循著古老儀式，你踏入獵人的聖地
春雨漸漸柔化山勢的野性
南風帶著熱帶水氣在大武山書寫雨季
你試圖以霧氣和水痕拼湊傳說的身影
牛樟的軀幹上，那橫渡的雲狀斑痕
是最初的狂傲與最後的撒野嗎
大貓的身世像一陣陣交錯傳播的風聲
以荒蕪的速度靜下來

如果有星火把暗夜燒亮
有雲霧包圍一棵檜木

你當緩步行走，低鳴為了存活
在巨大的石頭上，時間趴下
水鹿、山羌謹慎切過視線
樹影盤根錯節向著孤獨蔓生
你在等候最後一擊

所有的聲音都會消失
移動的軀殼都會回到石板屋
你選擇成為雙鬼湖的化石　長久居住
山川河嶽命定是時間的雕刻品
記憶遠遠超過陽光能銷毀的距離
你的長尾微微垂下、擺盪
一隻雲豹正閉目悠閒地夢想
從夜行的深谷出擊
爪痕從此深深印入田野調查的夜空

──2012年10月文化部「好詩大家寫」三獎

水沙連組曲

之一　紙教堂

自瓦礫下拉出一堆碎裂的時間

天地瞬間彷彿就活下來

傷痕的深度與痛感都需要上天的關注

山城的每一節令都需要神的穿越

勤練禱告，天空就能平穩飛行

紙做的教堂也可以接受許願的要求

鐘聲來回巡視深山的盛夏

淡淡的日子只被吵醒幾分鐘

夜色領到一小筆星光和倦意後

整個埔里就安穩睡去

之二　澀水紅玉

在冬日之後，春天之前
在大雁澀水，台茶18號
需持續入定如蛹的等待
採擷雲霧的溫度
學習蝴蝶的舞步
與月光幽會，甘甜滲入
翠綠正好，肉桂香正好
可以熨燙挑剔的口感
紅玉的歲月可以再揉捻一點
當晨曦騷動，霞光被收藏
豔紅的茶色如愛人
昨晚的笑容、挑逗的春天

之三　文武廟

走在時間的叢林，宛如山羌般隱伏
文武廟的歲月悠游於年梯的366階
階階皆是生涯，皆是隱喻
這裡的香爐彷彿世界遺失的信仰
檀香和俗塵在祭拜的桌面裊裊合伙
把爐火燒得很孔子
虔誠跪拜關聖帝的威武
借來靈籤的神力
給自己寫一幅卦象，如廟前的火獅

之四 水里蛇窯

921之後時間都已龜裂、傾斜
一如水里窯場的壁面
我們炙熱如風
航行於一列長長如蛇的坑道
像刀切開髮膚的傷痕
燒灼生命的痛楚，安頓憂懼
在視覺極為細微的部分
提煉出來的所有眼色都深不可測
而山河歲月就在陶器的面貌　盈缺
倘若細微的鳥語傾入幽暗窗內
蛇窯將靜得連神仙也無法安下心

之五　車埕

提起早醒的腳步
向鐵道末端慢慢移過去
南投最後的火車站仍舊靜靜古僕著
陽光穿越窗櫺的玻璃格子
在微塵與色彩之間閃爍著早晨的安靜
初春晴朗的天空落腳於天車的頭頂
閒置的杉木池則貯藏著伐木工人的心事
在那裡，妳無法找到任何冬天的雪跡
當舊廠房住進杉木頭的香氣
妳的衣衫褶痕就藏有小台北的神祕
我們靜靜等待，等待離開生活的困窘
將時間無法理解的頓挫
放上台車，推進鋸木廠，一一鋸斷

所有的懊惱因而割除、碎裂

一列火車與它的疲累

慢慢駛離長鏡頭的視角

傍晚的山風不懂世事，隨意將時間換行

整個林班道遂有古典的黃昏

——2012年12月第14屆玉山文學獎入圍決選

不老騎士

『人為什麼活著？為了思念，為了活下去，為了活
　　更長，還是為了離開？』

打開老舊的身體，在夜色掩護下，將山倒進去
以微熱的風調理早餐
在燒餅的內裡加入一條長長的晨光
就能養活老騎士的氣力

山即將醒來，霧擋車，風追人
引擎的低吼轉化成此起彼落的鳥鳴
繞過一個過早的清晨
再拐過一個蔚藍的天空
青春從1178公里的遠方逐漸接近

在太平洋前狠狠吸一口老菸
吸取整座海的澎湃
沿著日月軌跡走過寂靜的歲月
耳門虛掩，讓海風灌入，竊走懼怕
時間凍結在視角

月牙依序打開每位夜行騎士的路
車輪奔走在黑暗，我們需要一點光亮
路燈遂以龐大而沉默的夜
向摩托車開火
一切都只是因為視茫茫

騎過山海接駁的隙縫
儘管鳥糞會來臉上刻劃年華
即使浪花一排排跳上來打擊

我們仍以堅忍的眼神
彼此互相刷洗一番

天邊的風啊吹啊吹
路跟著雲飛走
不老騎士的心事
悄悄吹進島嶼的記憶
島嶼瀟灑、島嶼豪邁、島嶼成了不老騎士

——2013年2月 第11屆宗教文學獎入圍決選

今天不帶手機

今天不帶手機

才發現雲是從山的那邊來，又往海的那邊去

就不用聽誰愛誰，也不會晴天像雨天

不需掛網，不與時間決鬥

不需打開臉書，不必更新夢境

隨鳥聲穿入森林，等候山谷吵鬧

坐在雲海，瀏覽城市的污染

看驟雨在屋頂如何摔跤

將午後的睡意隨便摺 一摺

放在晴朗的櫃子

等待雲霧從愛情消失

把時間還我，翅膀還我

我將一刀一刀切除靈魂的贅肉

飛去古老的荒野，栽下耳門

細聽地球的笑聲

今天不帶手機

有人嘮叨也不會變成雨

不會下在心慌的自己

生活不必習慣於鈴聲

離開公路，腳程向外遷移

圈選一些詩句放進方正的日子

假裝那是生活的伏筆

就將天空曝著

讓微風專心製造夏天的清涼

讓雨來城市釋放天空

對自己的自言自語要多一些耐心

再用一支煙慢慢燒掉黃昏

然後記住　日子

在雨季易皺、乾季多風

——2013年9月第3屆新北市文學獎新詩第二名

新竹米粉製作攻略

把穀粒藏入秋天
讓九降風刮去稚氣
直到在來米有充足的熟度
掬取客雅溪水
以指尖掏洗時間的微塵
淨身米粒的風味
直到雪山水完成駐紮

磨臼穿梭於清晨的寧靜
女眷用掌紋纏繞時間
磨出濃稠的雪，米香開始膨漲
以天地之重，用腳不停踩踏
米漿慢慢瘦身成結實的體形
炊煙升起，師傅說粉粿團須蒸到三分熟
傾聽大灶古音，練習換氣

生硬的骨節變成柔軟體態
輪粿機不斷纏繞，濃縮氣質
將失序膨脹的身段壓出雪白米片
於最美處落下斷句
就成了清秀的米粉條

打開蒸籠的竹床
濕潤的米粉依序就位
時間翻轉，熱氣中壯烈前行
終於燙熱了靈魂，此時還需冷卻
在大南勢溪畔買下秋天
以三分日、七分風
讓太陽噬食身上多餘汗水
讓九降風吹走熱氣

風乾的新竹米粉就有了古早味
就都是　阿婆的白髮

——2013年11月文化部「好詩大家寫」微文得獎作品。
　　2013年竹塹文學獎入圍決選

在菊島旅居的日子

之一　二崁古厝

二崁的早晨都以漲潮的心情起床
海平面微微睜開眼睛
看見龜山腳的沙灘
自海的另一端悠閒走來
石板路跟著雲飛
古厝的矮牆靜靜啃完乾硬的冬季
就把天人菊交給陽光去照拂
石碑公則緊緊看守住天色，以防過度燥熱
海風不斷把寂寞纏住
時間以寂靜的速度在古厝緩緩走出去
旅人慢慢撩開二崁歲月的裙襬
於是看見菊島的海

之二　西嶼燈塔

水鳥從懸崖的邊緣叼走雜念
再用翅膀拍落夕陽
海面就開始搬演一場小歌劇
浪花排著譜，星光就位
海的夜光曲次第演奏
星星為你引路，夜晚走向西嶼
燈塔則堅決抵抗雨季的憂鬱
加速時間的結痂
菊島留一座燈塔給大海
一盞燈的溫暖給天空
而漸走漸遠的霧笛
則留給燈塔一夜的寂寥

之三　桶盤嶼

在桶盤嶼的日子
裸身的岩岸征服詩人的眼睛
收集懸崖的風向和潮汐做為寫詩的材料
遺落在潮間帶的寂寞，則交由寄居蟹去發落
懸崖的一草一木早已學會發呆
堅硬玄武岩的內心則有深沉月光
燕鷗來他的臉上，刻劃年華的輪廓
看點點漁火細心裝飾你的門面
我們輕輕收容每一粒路過的微塵
腳印隨著海浪走向遠方
岩礁慢慢流失在潮汐
時間終於傾圮在海的激浪裡

之四　望安綠蠵龜

一隻綠蠵龜終於戀上望安島
不論天長或地久
都起因於沙灘的一排暖色詩行
滿潮的浪匆匆行過不寐的時辰
洗淨每一個漂流的堅硬身影
追逐生機的腳步從未停歇
在沙灘掘一個育嬰室
告戒她的孩子要奔往光明的地方
小小生命雖然一再被海鳥、沙蟹關注
可是微細的瞳孔上
仍留著海的視野
望安的沙

之五　七美島雙心石滬

生活就是到七美的海域浮潛

由海平面和太陽分離的地方開始

雙心石滬正慢慢沉澱一雙清澈的眼神

看到海浪時，是否

看到每一道浪花的心緒或色彩

不遠千里而來的浪濤是否有情

身影是否謙遜

而雙心是否有意

情人踩著浪花慢慢走進妳的心

撿拾魚兒，挑逗彼此的視線

海在石滬裡笑

愛的記憶從此藏在雙心裡

──2013年12月第16屆澎湖縣菊島文學獎得獎作品

八里有貓

生活是一些極度貼地的貓步
從一個屋頂到另一個屋頂
狩獵疲憊的時間
所有巡行，都在持續舊有的節令
像八里的冬天，陰霾有雨

長期隱匿在黑暗的書房
一隻戒慎的野貓
穿越不安的午後，閃躲猜疑
在熟悉的地方，一個孤獨的洞穴
除了窺伺，貓不需要別的慰藉

時間經常拉得很長
守候一個殘酷的進擊
叼走月曆，讓時間失去意義

順著毛髮的方向，隨性梳理雨季
走在字裡行間，曲折書寫
沒有節奏，沒有季節
沒有愛，也沒有恨
用冰冷的雨舔著日子

從多風的港灣到魚香的巷弄
不在夜晚，而在黃昏的堤岸
用唇旁觸鬚碰傷男人
遺留騷擾味道，帶走落日

有一年的秋天，貓寂靜在窗
陽光暖暖，曬翻一整個十月的風
沒有人知道天空的意向

沒有雨，只有溫柔
舔著掌紋上的秋色，落葉窸窣

再有一年的冬天，貓跳進冷冷的巴黎
打開一本書，進入漫漫長夜
傾聽莒哈絲的孤獨
讓時間緩慢充滿手掌
捕捉愛情的心象
再躍過牆頭，輕輕擦掉黑夜

——2014年3月入選《2013台灣詩選》，原刊載於《吹鼓吹
　　詩論壇16期》

客家女

之一　媳婦

客家生活的口感　需要
炒、炊、煨、煲、煮等來尋味
妳將青春放進燉鍋
以數年的時間清蒸慢煮
將生澀的廚藝熬成
柔順爽口的味覺
妳將脾氣減肥
減到肥瘦適度
等著契合夫家的味蕾
將豬肉、豬腸、豬肺、鴨血　以及
黃梨、韭菜、木耳、薑絲等
捆綁在節令
借助客家女

克勤克儉的的巧手
將生活的酸、甜、苦、辣
放入炒菜鍋，就有
香噴噴的客家四炒可吃
黃昏入灶
妳把一天的苦勞燒得更旺
油煙以一條條的魚尾紋
復刻青春的臉
生活的滄桑甘苦　都用
陳年醬油浸漬
再以嫻熟的動作
慢慢將自己
燒烤成香郁的老婦

之二　夜合

客家女辛勤整理著
山腰上的雲霧
翻鬆生活的堅苦
在土裡種下茶樹
在庭院栽植夜合花
側臉被強勁的落山風
不停拋光
她不高，搆不著雲端
沒有壯闊的樹幹
所以不是神木，但蔭涼
她只為家族　驕傲地生息
白日，她用綠色的覆巾包面
用心守著家

在男人的身上　留下身影

在心裡留下清涼

夜晚打開花蕊，清香

只留給她的老公，讓他寫詩

一個客家女人的日常

就是花開花合的輪迴

——2014年4月第1屆六堆大路觀文學獎得獎作品

他在海線寫詩

有人慣於把讀熟的詩　放進
腳踏車後的風，以高分貝的孤獨
騎過高美濕地海岸，在塵埃之間旅行
巡查每一個寂靜的地址，輕扣銅環數下
耐心等候古老的雨聲來應門
他知曉大肚山的每個水氣
總是可以預知一朵雲何時落淚
他給三月澆雨，給石階爬滿青苔
給日子刻印許多磨碎的胎痕

他是自己靈魂的僕人　經常
跋涉在漫長的網址，抵達遠方的詩意
並將多層次的山林書寫　填入
季節的間隙，以提煉山線與海線之間
詩歌節拍的濃稠

時間在小徑裡最為自然，他也是
每日準時穿上慢跑鞋　等著
第一道陽光來上班，總是很熟練地與
芒花野草一起按表操課，硬要擰乾生活的慾念
使它像真理一樣，沒有一絲雜質

而他的鞋裡有一顆小礫石
那是雲遊四海帶回的小藥丸
它一直敲擊疲憊的腳印，要他感受黃昏的痛
他以縫線順著詩的陰影
將支離破碎的時間一段一段縫合
將陌生的認知拉近彼此的關係
再以大量的關注與按讚，回填詩的網頁
努力舖平鄉土的每一個陷阱

然後，在深夜點上一盞燈，讓夜晚有背影
讓詩看見自己的美麗

——2014年5月第3屆台中文學獎入圍決選。此詩在詩寫吹
　　鼓吹詩論壇站長蘇紹連老師

海

把汗水借給夏天去遼闊

吻

唇齒上的沸點

——2014年5月聯合報「一字詩」徵文競賽入選二首

地瓜媽媽

「給魚給竿，拉人一把」、「木炭烤地瓜，拉把單
　　親媽媽」。

穿著微黃的晨光
妳用一口熱茶
叫醒自己的白天
推著烤地瓜車
走進猶在睡夢的市區
妳就成為台北街頭
第一道安靜的早安
為了孩子的溫飽
妳用力縫合生命的傷口
加倍工作，補綴生活的缺口
剝下單親媽媽身上的孤苦
把尊嚴慢慢蹲下來

蹲到與地面一樣高

妳以專注的動作，認真地

將一大籃地瓜

刷洗出它們的純樸

放進烤爐

再以焦灼的時間當炭火

將一日生活所需　逐漸加溫

維生的手法雖然簡單

妳還是得把爽口的味蕾找到

黃昏、夜色一一入灶

把生存的意念燒得更旺

爐火慢慢將內心的寒流烤熟

再以一條條油煙

復刻妳眼角的魚尾紋

生活的辛酸苦澀都以汗水浸漬

再燒烤成香郁的熟女

妳忙進忙出，有時失神

難免將一鍋青春烤成焦黃

妳就這樣穿著焦黃的暮色

成為台北街頭

最後一道寂靜的晚安

註：「給魚給竿，拉人一把」、「木炭烤地瓜，拉把單親
　　媽媽」是創世基金會為幫助單親媽媽生活，推出烤地
　　瓜推車所創立的標語。

——2014年8月第3屆漂母杯文學獎首獎

堀江味

堀江是一條長長的時光隧道，我要慢慢走
以堀江麵喚醒味蕾，以虱目魚米粉提神
低油少鹽的睡意就會在好味道的日子醒來

——2014年9月第1屆鹽埕文學堀江好時光新詩徵文入選

致赤腳走在沙礫的詩人

坐在沙丘的前方
靜靜看著沒有條理的天
天上放映的是車水馬龍的台北
霓虹燈閃爍在黑夜
你是沙島上孤獨的礫石
在空曠的時間滾出去、滾出去
滾成海岸遠方的礁岩

有人開著推土機，一段一段鏟去潮間帶的記憶
有人開著工程車，開進殘破的西海岸
傾倒憂傷，再一車車將陽光運走
還有一些人，穿著畢挺的西裝
開著賓士車，開上你的臉

而你的眼睛只是眨一眨
讓他們的跋扈到你的眼裡　踏青

你牽著父親乾涸的手，在河堤上散步
告訴他，堤的左方是漫漫芒草
堤的右方是濁濁滾滾的風沙
你是一具不懂得被取悅的玩偶
開闊的臉孔刻滿憨厚
且不懂得隨節氣變換溫度
若是風雨來訪，你也打開窗，讓雨水近來小憩

小心將殘沙剩水藏匿在胸口
每一隻腐爛的魚都聞過你身上無奈的體味
失去陽光的彈塗魚則盡情跳躍或取暖
你緩緩起身，穿梭在田間

用身體縫補折斷的水路
用愛餵哺牙牙學語的禾苗

漁船的燈火比夜色還黯淡
因此你寫了一首無用的詩
來安頓焦慮與悲傷
讓彰濱海岸安靜如一本絕版的書
讓漁民淒涼的凝視
都看見你詩裡的心絞痛

我在詩中讀到灼傷的足印
在書頁最後一塊泥灘濕地,來回照顧牡蠣的斑斑傷痕
將海邊小徑抽回來,一條一條纏繞,細心放置
讓冬季海砂偷偷爬上來,睡下
年復一年,家鄉就躺成廣漠而優雅的海灘

便有白鷺鷥、雁鴨來築巢
西海岸的日子從此開始漲潮

——2014年3月入選《2014台灣現代詩選》，原刊載於《吹
　　鼓吹詩論壇》第18期

池上印象之旅

伯朗大道的下午，其實
沒有你想像中的悠閒
你得把小徑踏成風
把天看出藍
你需要從一棵茄苳樹
看見金城武
得花許多心思去想像
想像油菜花田裡的女人
如何變成愛人

如果有腳印跌落天堂之路
那一定會被青苔所撫養
若有一片白雲從天空掉下來
就會躺成大坡池
拿起相機

捉拿池上的印象
稻浪是任性的詩句
行經的旅人是
不小心押錯的韻

——2015年5月台東詩歌民謠祭徵詩得獎作品

盲媽媽的按摩日子

她拍拍按摩床，讓篤篤的聲音
叫醒身旁每個盲女的黑暗
她觸著她們生活的憂傷
觸著日子顛簸的姿勢
盲媽媽拉起這些萎頓的生命
緩慢越過荊棘、越過黑暗
讓她們感知老者肩膀上逐漸僵硬的年齡
嘗試將古老的生命再次摩擦生熱

她從聲音看見一張張頹廢的臉
知道鼻歪眼斜的來處
她指壓著脆弱、寂寞的五官
抹亮他們的臉色，使危疾得到療癒
作為一位盲女，她想
給黑夜一處最溫暖的安睡地

作為一位按摩女，她要給人們心中的雪
一份份溫暖的推拿
她帶著這群盲女，在暗夜裡
點燃他人的火，找到最亮的自己

註：盲媽媽陳靜收留了百餘位盲眼青少年，並以她的優異
　　按摩手藝教導這些盲胞，給予他們生存的技藝，發揮
　　陽光般的母愛。此詩因以誌之。

——2015年6月第4屆漂母杯文學獎得獎作品

陳澄波畫作欣賞的鋩角

若想欲進入汝的畫作
到底是欲用較功夫的寫實
抑是欲用寫意的筆法？
依照這个純真的南國筆調
佇彼个素人的印象中
走讀一場飽實的畫景

鳳凰木的樹枝斜斜
伸入去遠遠的阿里山的藍調
佇彼个線條相交插的中間
埋伏一道道的光影
用鬧熱的感覺來連結故鄉的早春
用筆足隨意
佇中央噴水前
攔再建立坦白的熱情

並邀請逐个觀賞者
進入古典的美學元素
佇彼个畫面真深的所在
攄過來攔攄過去
日光真正固執，佇每一分鐘
攏來予伊的色彩　增加美麗
構圖內底攏藏一寡感情的溫度
明暗是幾若遍的溫柔
也是水墨的江南

我佇臆，汝佇畫中
凡勢嘛攏佇聽春天的聲音
然後，無停佇點染一片攏無污染的風景
故鄉的記持需要打底
需要你的大筆飛舞

一沿抹過一沿，慢慢加重抒情的感覺
佇時間佮色彩的中間轉變
汝一个人走筆佇聲、色、香的氣味中
隨意將過往的滄桑染色
敢若親像一款真古錐的把戲
筆法應該按怎延展、按怎彎曲
就會予不安的內容變做一片的平靜

畫景順著街仔路進展
豐富的色調佇彼个閃光的角落
繼續生湠
街仔路的正爿是諸羅的日光
抹著一沿厚厚的樸實
對頭前彼片慢慢褫開
造成畫面流動的氣勢

佇彼个時陣，若親像聽著

花語開合的聲響

汝的畫筆　繼續

佇街仔路變猴弄

一張真趣味，而且真圓滿的畫圖

就按呢來　完成

──2015年7月第5屆台南文學獎台灣閩南語詩得獎作品

飛越年齡地景

閉上老花眼睛
就能看見黑夜，看見滿天星星
最後一顆門牙掉下
ㄅ音也好，ㄆ聲也罷
從此不需發音練習
也不需緊守口風
而脣形經常保持多話的形態

約個合宜的時間
去醫院把失眠整型一下
使它更適合春天的節奏
慶幸自己還忘得掉一些挫折
忘掉自己的影子越來越薄

努力站穩腳跟
傾聽拖曳的腳步聲
從年輕的一側
緩步走向另一側的遠方
不再理會多涵義的藥丸
也不再提領各種醫囑
就讓身體老得
只剩下血糖與膽固醇

習慣晝出夜伏
習慣在白日的空巢
慢慢熬煮老骨頭
沿著歲月的皺紋
開始尋找童年場景
然後，容一顆淚珠緩慢

跨過晨光，跨過時間
彼時就是我的寂靜、我的老年

——2015年8月第5屆新北市文學獎第二名

一趟回家的旅行

一條路，每天只走一步
是不是可以走到島嶼的盡頭
一輩子只走一條道路
任憑它帶往季節的深處
是不是也可以走到時間的邊境

被一趟列車開過去
家鄉的田野就開始奔跑
溫度比夏日還淋漓
也一定有一隻腳踏上遠方
成了落日

天涯海角確實很遠
走很多的路也可以到達
腳在路上走久了

就會破皮、結繭
然後沒了感覺

急於從一個旅店的房間
找到睡眠的位置
面海的這一扇窗
急於向我兜售家鄉的太陽

尋找一種街角，轉過去
就可以打開家的想像
呈現它的溫暖、它的包容
以及柔軟的床

家很近、不遠
鞋子一拎就到了

規劃一次旅行，等它結束
就再也不會遠行

——2015年9月震怡文教基金會吾愛吾家徵文得獎作品

拔一條河

因為有旗山溪
有從那瑪夏山區
攜來的玉山塵埃與白雲
水聲嘩啦嘩啦響起
也不知那是
聽取多少公里的山歌
大水經過的時候
甲仙就彎成一首詩

因為詩有橋
風雨來時就有斷句
土地沾著洪水
開始寫一座城鄉的失守
土石流快速推著房子
往最遠的西方跑

許多門板扛著自己的門牌
找不到回家的路
斷掉的燈柱
找不到巷弄來守護

八八風災是一次漫長的失足
浩大的流水還在繼續把傷痕
丟給世界去斑駁與殘破
為了把自己拔回來
山野的芋頭也不知
還要走幾萬里路
才能用繩索把傷口捆綁好

甲仙要拔一條河
痛楚的細節要還給昨日

要把整個冬天的陰鬱
從腳印間的空隙　拔走
加油聲響起
不要再踮起腳尖
我們已經沒有時間盼望

把齊整的腳步聲　留給土地
剩下的碎步就讓流水帶走

我們要認領一條河來養力氣
串起激流的搖擺與節奏
要一步一步往後拉
把樹拉倒，把山拉倒
把土地深層的血
拉出來

你若跌倒，我會在後面頂住
我若跟不上，記得　等我
不要讓洪水把我沖走

——2015年10月第11屆林榮三文學獎得獎作品

阿塱壹古道的晨昏練習

阿塱壹古道有千百種走法
我決定遵循斯卡羅族遷移路線
時而潛行，時而漫遊
練習阿塱壹的自然呼吸
摹擬山羌的敏捷
在山與海的夾擊下　走進去

古道宛如被神遺忘的傷痕
有最艱苦的輪廓
在太平洋前，有懸崖
拔地而起，旅人需要
堅忍的鬥志，方能攀越高繞路段

瓊崖海棠前，我們坐起身
關掉風聲，聽

太平洋說他的不安

鉛筆石則用力站好姿勢

學習如何與遠方長浪相撲

黑潮從千里外捎來遠方漂流物

寶特瓶與瓶中信

決定投宿在泰勒之路

看斯卡羅族高歌走過塔瓦溪

漂流木躺在古礫灘

選擇荒涼的臥姿

與綠蠵龜一起品嘗海的鹹味

而高高的椰子傘

把天空的淚水都擋了下來

單調的日子，需要
南田石的鏗鏘
日夜演奏黑潮的音節
以及太平洋的千百種曲調
一排排海蝕礁岩朝向我
反覆解說浪濤的意義

有時天地的眼神悲傷
鬆動、崩塌成一片土石流
摧毀旅人的記憶
古道依然不肯撤退
繼續守護阿塱壹的山海
守住礫石灘上　麥飯石
篩洗過的傳說與歲月

——2015年10月第14屆大武山文學獎得獎作品

溯溪

一切都從角板山開始
河階只是歷史長河裡頭
若有若無的真實存在
雨決定撬開乾涸的土地
尋找遺失的雨季

在苦楝樹下，泰雅族青年瓦旦
沿著大嵙崁溪[1]向上溯源
時間用青苔和腳印
雕塑小徑的古老
順著月光
砍伐魑魅，緩步前行
落腳在微小的姓
沒有名，沒有掌音

在古道上挖一條Gon glu[2]
便有祖靈流入
與風雨一同
匍匐在漆黑的夜
如獵人弓背屈膝於叢林
學習在山野覓食
細讀馬里闊丸溪[3]的寂靜
時間以獵刀削薄臉頰的青澀
讓山豬的獠牙在身上紋身

持續向東，往大霸尖山前進
尋找蘚蕨的味道
站在山腰，挺胸梳理雲霧
嗅聞山風不同的熱度
分辨出哪個是屬於薩克亞金溪[4]的

哪個是塔克金溪[5]的
整理羌鹿遊走的小徑，種一棵樹
等待撐開天空，遮蔽赤日

在滂沱的雨中，與Gagga[6]相認
放任祭典在時間裡生根
等候遺失的一道古老神話
以及一座Pinsbukan[7]
你一直記得老獵人猶巴斯的話
將Pu'ing[8]與小米酒放進血液
泰雅的母語就此開始奔跑

邐來泰雅族人紛從桃園、新竹、宜蘭，或溯
溪、或沿著古道進行尋根之旅。

此詩在記錄桃園大漢溪上游角板山區泰雅族人
的溯源過程。

¹ 大料崁溪：即大漢溪的泰雅語名

² Gon glu：泰雅語，意為小溪

³ 馬里闊丸溪：泰雅語名。即為大漢溪的直接源流玉峰溪

⁴ 薩克亞金溪：泰雅語名。漢名白石溪，是大漢溪的源流
之一

⁵ 塔克金溪：泰雅語名。漢語為泰崗溪，是大漢溪的最遠
源流

⁶ Gagga：泰雅族多義的詞彙，可為規範、祭典、部落組
織、祭祀團體

⁷ Pinsbukan：泰雅族的發源地在Pinsbkan，位於南投縣仁愛
鄉發祥村

⁸ Pu'ing：泰雅族重要的文化關鍵字，意涵為「根源、家
系」

——2015年11月第1屆鍾肇政文學獎新詩首獎

蘭嶼二三事

在海中
收容雲的孩子，把他們
養成一尾尾飛魚

——2015年11月聯合報副刊光之俳句徵文入選

鍾理和百年冥誕前夕讀書有感

> 我趨前捉起她的手熱情地呼喚，又拿到嘴上
> 來吻，鼻上來聞，我感覺有塊灼熱的東西在
> 胸口燃燒。
>
> ——鍾理和《貧賤夫妻》

困頓年代，是從
田的這端到田的那端。是從
早晨的耕作到夜晚的書齋
再從書齋到古早的灶台
都有濃霧　等候在三餐的缺口

您是一長串糾葛的叮嚀
始終沒有餵飽時間的漏洞
您鍾愛的台妹在老屋外劈柴

在春天種下沉默
在生計的深淵熟成

曬黑的皮膚長年忍著異樣眼光
所有欺凌打在肩上，就化為柴米油鹽
她在河邊洗滌鍋鏟、碗筷
洗去青春、洗去誘惑
她關閉陽光、引誘
日夜生養一串串炊煙
來服侍所愛的人

沒有飯吃，就拿出
身體裡的米來煮
從眼睛掏出月光，掏出
白淨的百合

她種地瓜、養豬
選擇與命運不停對峙
日子與過期的拜拜一起失效
與隔夜的菜餚一起變酸

每日清晨燒一支香，化為灶前濃煙
日子宛如雞鴨，被追得四散奔跑
佛前默唸，求神
給她留一個寬裕的晨昏
可日子還是又窮又白
但　她的身影依然堅挺

　　大自然給我裝潢了一幅偉大壯觀的圖畫，那
　　是任何人造的書齋裡都不會有的。那是一首
　　宇宙的詩！

　　　　　　　　　　　　——鍾理和《我的書齋》

在您的書齋　讀您
書齋有四面牆，牆是遠方的天空
書齋有秋風、有落果
還有超過一甲子的沉默

在您的書齋　尋您
在巨大的墨西哥香蕉樹下
尺長的書桌上，可以
找到您伏案書寫的情緒
翻開那些不朽的書籍
那是屬於您　不斷復活的人生

風從大武山來，在書桌上
盤旋，吹開困獸的心
您像雲豹　緩慢從大武山走近

在血色紙面，我聆聽到
靜止已久的心跳
且在每一則故事中高高揚起

您的字句化成田間小徑的風
吹拂出一片鄉村的溫馨
霧起時，可以聞到春天的鼻息
夏天到來，有風把想像吹到遠方
與白雲一同舒緩，與
田野一同奔跑

若想隨著您，看一首宇宙的詩
就要把您走過的田園　走過
把您睡過的夢　睡過
但　笠山有霧，難免誤闖岔路

——2015年11月第2屆六堆大路關文學獎得獎作品

一座美學的花東縱谷記憶

池上的大坡池睡著
像一張平躺的夢境
反覆安靜
時間以多層次筆法，將想像
逐一厚塗在所愛的湖面
所有的構圖，像一次次旅行
畫布上每一筆皆隱隱透著
油菜花味道

遁入秋日的風中寫生
胭脂調紅了九月
是金針花
是六十石山早秋的笑容
而綿密的運筆
便從這純粹且無邪的感動出發

返身自照
於日出處收筆

在細膩的回味裡
每道霞光都藏著寂靜的晨曦
畫中佈滿露水的時間
我們一步一步漫遊到縱谷的邊境
除了拾得繽紛的色彩，還有
一座花東縱谷的美學記憶

——刊載於2015年《吹鼓吹詩論壇22期》，並入選2015台
　　灣詩選

後記

　　2005年，55歲時，我決定寫詩。一開始，也不確定寫什麼，只是在網路丟上一些分行的句子。有人說那是詩，有人說句子很美，有人說我的文字有溫度。

　　然後，我開始想，詩是什麼？句子為什麼會美？而文字為什麼有溫度？

　　然後，我加入了喜菡文學網與吹鼓吹詩論壇的網站，先後成為詩版的版主。

　　然後，我發現要寫好詩，就得先學寫壞詩。

　　然後，你把壞的成分抽掉，剩下的就是好的。

　　由於起步晚，很長一段時間，我都在想辦法搞清楚「詩」是什麼。等我把詩的概念釐清後，再來的問題就是如何把詩寫好。要寫好詩，最重要的是要去讀好的詩，知道什麼是好的。

　　我一直認為好詩的基本條件是：讀得懂、有感情、有故事性、讓人感動。好詩應有一個公正、客觀的認

定，理論上，文學獎得獎詩作就是好詩。

2009年我辭掉喜菡文學網與台灣吹鼓吹詩論壇的版主，專注於詩的研究與書寫，並開始積極參加文學獎競賽。從剛開始的約10%得獎率，進步到約20%得獎率，再到30%，2015年則為43%，這時我已能充分掌握到寫詩的技巧，甚至在寫完之後，還沒投稿之前，即已能預知會不會得獎。

這些年來，大大小小的獎一共得了約40個。2016年，我將這些得獎詩作集結成冊，是希望對這些年的努力做一個階段性的總結與回顧。同時也希望能為網路上千千萬萬的寫作者提供一個借鏡。讀者若能好好研讀我的詩作，思考為什麼這些詩作能獲選得獎，這樣也許在寫詩的過程中，可以減少許多摸索的時間，可以減少錯誤的次數。

這本詩集其實也可以說是我的遊記。我喜歡旅行，喜愛攝影，透過旅行與攝影，可以深度體會自己周遭的環境，從中萃取生命的美好，並透過優美的詩句，昇華生活的內容與感動。我希望這些對台灣的感動，也能為讀者提供一些生活的感知，讓日子有美麗詩句的注入，讓生命得以詩化、美化。

關於曾元耀

曾任遠洋拖網漁船水手（高雄千大壹號）

近海拖網漁船水手（基隆海洋11號）

中華民國內科專科醫師

中華民國精神科專科醫師

信元內科精神科聯合診所副院長

喜菡文學網顧問版主

台灣吹鼓吹詩論壇顧問版主

2005年開始寫詩

試著以手術刀的角度裁剪詩的肥瘦與冷暖，讓詩有情且
安頓於感動

2008年創世紀與聯合報「為民宿寫一首詩」入選〈石梯
灣118號的海〉

2008年客委會桐花詩選獎（東河桐花雨）

2009年第5屆台北縣文學獎（四月午後的中和緬甸街）

2009年出版詩集《等待女人》

2010年第1屆桐花文學獎（南庄桐花）

2010年聯合報文學獎新詩決選入圍（老）

2011年第1屆新北市文學獎（那一些城市瑣碎的事）

2011年建國百年寶島之美創作大賞（在阿里山的雲端漫步）

2012年2月聯合報「一行詩問句」競賽獲選二首

2012年6月第15屆苗栗縣夢花文學獎（一匹賽夏織布的完成）

2012年7月台中市文化局夏日尋詩入選（水水的西瓜.水水的火龍果）

2012年10月文化部「好詩大家寫」三獎（雲豹還在嗎？）

2012年10月花蓮文學獎（再見石梯灣的海）

2012年12月第14屆玉山文學獎入圍決選（水沙連組曲）

2013年2月宗教文學獎入圍決選（不老騎士）

2013年8月竹塹文學獎入圍決選（古早新竹米粉製作攻略）

2013年9月第3屆新北市文學獎（今天不帶手機）

2013年11月文化部「好詩大家寫」佳作（新竹米粉製作攻略）

2013年12月澎湖縣菊島文學獎（在菊島旅居的日子）

2014年3月詩作「八里有貓」入選「2013台灣詩選」

2014年4月第1屆六堆大路觀文學獎（客家女）

2014年5月聯合報「一字詩」徵文競賽獲選兩首〈海〉
　　與〈吻〉

2014年5月第3屆台中文學獎入圍決選（他在海線寫詩）

2014年8月第3屆漂母杯文學獎首獎（地瓜媽媽）

2014年9月第1屆鹽埕文學堀江好時光新詩徵選佳作（堀
　　江味）

2014年10月第6屆蘭陽文學獎入圍決選（找路）

2014年12月第4屆打狗鳳邑文學獎入圍決選（拔一條河）

2015年3月詩作〈致赤腳走在沙礫的詩人〉入選2014年
　　台灣現代詩選

2015年4月看見高屏全國攝影比賽佳作〈春天下的自來
　　水公園〉

2015年5月台東詩歌民謠祭徵詩佳作（池上印象之旅）

2015年6月第4屆漂母杯文學獎（盲媽媽的按摩日子）

2015年7月第5屆台南文學獎台灣閩南語詩佳作（陳澄波
　　畫作欣賞的鋩角）

2015年8月第5屆新北市文學獎第二名（飛越年齡地景）

2015年9月震怡文教基金會吾愛吾家徵文佳作（一趟回
　　家的旅行）

2015年10月第11屆林榮三文學獎（拔一條河）

2015年10月第14屆大武山文學獎（阿塱壹古道的晨昏練習）

2015年11月第1屆鍾肇政文學獎新詩首獎（溯溪）

2015年11月聯合報副刊光之俳句徵文獲選（蘭嶼二三事）

2015年11月第2屆六堆大路關文學獎（鍾理和百年冥誕前夕讀書有感）

2015年12月第17屆玉山文學獎入圍決選

2016年2月詩作〈一座美學的花東縱谷記憶〉入選「2015台灣詩選」

PG1621　吹鼓吹詩人叢書30

寫給邊境的情書

作　　　者／曾元耀
主　　　編／蘇紹連
責任編輯／盧羿珊
圖文排版／周妤靜
封面設計／王嵩賀

發 行 人／宋政坤
法律顧問／毛國樑　律師
出版發行／秀威資訊科技股份有限公司
　　　　　114台北市內湖區瑞光路76巷65號1樓
　　　　　電話：+886-2-2796-3638　傳真：+886-2-2796-1377
　　　　　http://www.showwe.com.tw
劃撥帳號／19563868　戶名：秀威資訊科技股份有限公司
　　　　　讀者服務信箱：service@showwe.com.tw
展售門市／國家書店（松江門市）
　　　　　104台北市中山區松江路209號1樓
　　　　　電話：+886-2-2518-0207　傳真：+886-2-2518-0778
網路訂購／秀威網路書店：http://www.bodbooks.com.tw
　　　　　國家網路書店：http://www.govbooks.com.tw

2016年7月　BOD一版
定價：200元
版權所有　翻印必究
本書如有缺頁、破損或裝訂錯誤，請寄回更換

國家圖書館出版品預行編目

寫給邊境的情書 / 曾元耀著. -- 一版. -- 臺北
市 : 秀威資訊科技, 2016.07
　　面 ；　公分. -- (吹鼓吹詩人叢書 ; 30)
BOD版
ISBN 978-986-326-383-8(平裝)

851.486　　　　　　　　　105009466

讀者回函卡

感謝您購買本書，為提升服務品質，請填妥以下資料，將讀者回函卡直接寄
回或傳真本公司，收到您的寶貴意見後，我們會收藏記錄及檢討，謝謝！
如您需要了解本公司最新出版書目、購書優惠或企劃活動，歡迎您上網查詢
或下載相關資料：http:// www.showwe.com.tw

您購買的書名：＿＿＿＿＿＿＿＿＿＿＿＿＿＿＿＿＿＿＿＿＿＿＿

出生日期：＿＿＿＿＿年＿＿＿＿＿月＿＿＿＿＿日

學歷：□高中 (含) 以下　　　□大專　　　□研究所 (含) 以上

職業：□製造業　□金融業　□資訊業　□軍警　□傳播業　□自由業
　　　□服務業　□公務員　□教職　　□學生　□家管　　□其它＿＿＿＿

購書地點：□網路書店　□實體書店　□書展　□郵購　□贈閱　□其他

您從何得知本書的消息？

　□網路書店　□實體書店　□網路搜尋　□電子報　□書訊　□雜誌

　□傳播媒體　□親友推薦　□網站推薦　□部落格　□其他＿＿＿＿＿＿

您對本書的評價：（請填代號　1.非常滿意　2.滿意　3.尚可　4.再改進）

　封面設計＿＿＿　版面編排＿＿＿　內容＿＿＿　文／譯筆＿＿＿　價格＿＿＿

讀完書後您覺得：

　□很有收穫　□有收穫　□收穫不多　□沒收穫

對我們的建議：＿＿＿＿＿＿＿＿＿＿＿＿＿＿＿＿＿＿＿＿＿＿＿

＿＿＿＿＿＿＿＿＿＿＿＿＿＿＿＿＿＿＿＿＿＿＿＿＿＿＿＿＿＿＿

＿＿＿＿＿＿＿＿＿＿＿＿＿＿＿＿＿＿＿＿＿＿＿＿＿＿＿＿＿＿＿

＿＿＿＿＿＿＿＿＿＿＿＿＿＿＿＿＿＿＿＿＿＿＿＿＿＿＿＿＿＿＿

11466
台北市內湖區瑞光路 76 巷 65 號 1 樓

秀威資訊科技股份有限公司 　　　收

BOD 數位出版事業部

⋯⋯⋯⋯⋯⋯⋯⋯⋯⋯⋯⋯⋯⋯⋯⋯⋯⋯⋯⋯⋯⋯⋯⋯⋯⋯⋯

（請沿線對折寄回，謝謝！）

姓　　名：＿＿＿＿＿＿＿＿　年齡：＿＿＿＿　性別：□女　□男

郵遞區號：□□□□□

地　　址：＿＿＿＿＿＿＿＿＿＿＿＿＿＿＿＿＿＿＿＿＿＿＿

聯絡電話：(日) ＿＿＿＿＿＿＿＿＿＿　(夜) ＿＿＿＿＿＿＿＿＿

E-mail：＿＿＿＿＿＿＿＿＿＿＿＿＿＿＿＿＿＿＿＿＿＿＿